鬥嘴一班 ②

男女生大決戰

卓瑩 著

U0061127

新雅文化事業有限公司
www.sunya.com.hk

目錄

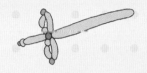

人物介紹

高立民

班裏的高材生，為人熱心、孝順，身高是他的致命傷。

文樂心 （小辮子）

開朗熱情，好奇心強，但有點粗心大意，經常烏龍百出。

江小柔

文靜溫柔，善解人意，非常擅長繪畫。

胡直

籃球隊隊員，運動健將，只是學習成績總是不太好。

黃子祺

為人多嘴，愛搞怪，是讓人又愛又恨的搗蛋鬼。

周志明

個性機靈，觀察力強，但為人調皮，容易闖禍。

**吳慧珠**（珠珠）

個性豁達單純，是班裏的開心果，吃是她最愛的事。

謝海詩（海獅）

聰明伶俐，愛表現自己，是個好勝心強的小女皇。

第一章 家裏來了個管家婆

今天放學後，高立民急匆匆地跑回家。

他邊跑邊看手錶，着急地喃喃自語：「四點了，今天的功課又特別多，再不加速便趕不及了！」

高立民最近迷上了一套卡通片，每天都要看過才心安，媽媽擔心他過分沉迷，會影響學業，於是跟他約法三章，要他先把功課做好才能看電視。

高立民雖然個子不高，但腦袋

卻是頂呱呱的，成績十分優秀，即使媽媽每天忙着打理水果店，只有外婆在家，沒有人真的會管着他，他還是會乖乖遵守約定，每天回家後都必定飛快地完成功課。

可是今天，當他跨進家門後，便發現有點不對勁。

那個頭髮短得像男生的嘉琪表姐不知什麼時候來了，還纏着外婆，嘰哩呱啦地說：「嫲嫲，你知道我班的男生有多可惡嗎？上游泳課時，他們沒有一個比我游得快，老師誇我是小飛魚，他們卻在背後取笑我

是河豚，氣死我了！」

　　「他們真沒眼光，你哪兒像河豚？」高立民搖搖頭道。

　　嘉琪心裏一樂，正想讚他有眼光，可是高立民接着又道：

瞧你這張脹得快要爆炸的臉孔，河豚如何能跟你相比？至少要河馬來跟你比才匹配嘛！

嘉琪氣得雙手叉腰道：「你啊，就只知道欺負女生！」

高立民故作認真，把她從頭到腳看一回，問：「你哪兒像個女生啊？」

嘉琪怒瞪着他：「你敢再說一遍試試？」

高立民只朝她做了個鬼臉，便一溜煙地跑到飯桌旁，把作

業簿統統放在桌上，預備做功課。

　　誰知，嘉琪卻跟了過來，還一屁股在他對面的位置坐下。

　　「幹什麼？」高立民吃驚地問。

　　「當然是做功課啦！」嘉琪好笑地瞄了他一眼：「怎麼啦，難道你怕了我？」

　　「你放學不回家，跑來我家幹什麼？」

　　「因為我媽媽找到了一份兼職，沒時間看顧我，你家離我的學校又近，所以她吩咐我來這兒待着等她下

班囉！」

高立民頓時張大了嘴巴：「你以後每天都會來這兒嗎？」

「對啊，不錯吧？」她得意地豎起勝利手勢。

高立民一拍額頭：「不會吧！」

剛打開作業簿，嘉琪便忽然嬌聲嬌氣地說：「我的好表弟，可以給我一杯水嗎？我很渴啊！」

高立民頓時起了一身雞皮疙瘩：「你是六年級生，難道連拿水杯盛水都不會？你有『公主病』嗎？」

「小民，怎麼沒大沒小的？表姐
可是你的長輩啊！」從客廳的另一邊
傳來外婆的聲音。

表姐「吃吃吃」地在偷笑。

「你這樣也算是長
輩？」高立民嘴裏嘮

叨着，但還是忍氣吞聲地站起身來。

嘉琪見他居然乖乖聽命，也就更故意戲弄他，不是請他幫忙削鉛筆，就是要他替她找作業簿。

當他好不容易完成功課時，卡通片早就播完了，氣得高立民直跳腳。

嘉琪卻絲毫不以為意：「卡通片有什麼好看的？電視看多了對眼睛不好呢，有時間便多看看書吧，對你有好處啊！」

噢，她是「管家婆」嗎？不過比我年長三兩歲而已，難道就真的以為自己是長輩了嗎？高立民幾乎被這表姐氣瘋了。

第二章 男女大不同

　　周會的時候，
課外活動組的老師邀
請了一位醫生姐姐來到
學校禮堂，為同學們講
解男生和女生在各方面
的不同。

　　這個話題相當受歡
迎，回到教室的時候，
同學們還熱情未減地討
論着。

　　一位男生周志明故意在

女生面前揚了揚手臂，驕傲地道：「論體力和身高，男生明顯比女生強得多了！」

　　身為女生的文樂心第一個沉不住氣，甩了甩她那雙小辮子說：「我們又不是猩猩，要這麼壯來幹什麼？」

坐在後排的謝海詩推了推眼鏡，意有所指地看了高立民一眼說：「這可說不定啊，有些男生是比女生矮得多的呢！」

高立民是全班身高最矮的男生，他每當聽到一個「矮」字時，都會像裝在盒子裏的彈簧小丑一般，「咚」的一聲跳起來：「你剛才沒聽到醫生姐姐的話嗎？男生只是生長速度比女生慢一點而已，我很快便會『反敗為勝』的。」

咚！

　　謝海詩牽了牽嘴角説：「等到你『反敗為勝』，我們早就畢業了，我們又不是兔子，才不要跟烏龜賽跑！」

　　文樂心、江小柔和吳慧珠等女生見到高立民被激得面紅耳赤的樣子，都忍不住「噗哧」一聲笑起來。

　　高立民的臉頰也就更紅了。

高立民的好朋友胡直見他輸了氣勢，忙幫腔道：「你們女生有膽量就和高立民比智商高吧！他的成績可經常是第一名的啊，你們的頭腦誰夠他厲害！」

　　文樂心抿了抿嘴道：「高立民可不能代表所有男生啊，別的不說，僅僅是我的成績，便已經比你好，難道你不是男生嗎？」

　　胡直有點不好意思地嘻嘻一笑：「我的成績的確是有點不爭氣，但你的成績也好不到哪兒，很多男生都比你好。」

謝海詩反駁説：「大家別忘了，上一次考試考第一的可是我呢！」

一直懶洋洋地伏在桌子上睡懶覺的黃子祺，「呀」的一聲伸了個大懶腰，惟恐天下不亂地插嘴説：「你們這樣爭辯實在太沒意義，若是真的想分出勝負的話，何不來一場真正的較量？」

高立民立刻點點頭，擺出一副放馬過來的樣子説：「好主意呀，我們就比比看啊！」

其他同學聽見了，無論男生女生都熱血沸騰：「好啊！」

只有江小柔冷靜地揚聲問：「你們要比什麼？再比身高或成績都沒什麼意思了，可是，除了身高和成績，我們還能比什麼？」

　　「對呀，怎麼比？」大家互相對望，都被她問倒了。

　　大家心裏明白，男生和女生本來就是各有優劣，一時間，誰也無法提出一個既公平又能考驗到大家的比賽方式。

　　「鈴——」，上課鈴聲響起了。

　　一場一觸即發的男女生大戰，也就暫且打住。

第三章 秘密書友會

　　這天的數學測驗，文樂心只拿到七十五分，一想到回家後要面對媽媽的責問，她便什麼勁兒也沒有。

　　她悶悶不樂地拿着一本故事書，來到三樓洗手間後面的「秘密基地」。

　　所謂秘密基地，就是走廊盡頭一個小小的轉角處。這兒雖然只是一片空蕩蕩的水泥地，卻是最寧靜的地方，每當她覺得心情煩悶，都愛躲到這兒來。

　　當她看書看得正入迷的時候，忽

然有人走過來：「這地方是我的，誰允許你來？」

她嚇了一跳，原來這人是高立民。他真夠霸道啊，這兒是學校地方，他憑什麼不許別人來！

文樂心定了定神，反問：「你能來，為什麼我不能來？」

「這兒是我先發現的。」他理直氣壯地說。

文樂心睜大眼睛，恍然大悟地「呀」了一聲說：「我記起來了，我第一次來這兒的時候，你因為外婆病重的事情，偷偷躲在這兒哭呢！」

高立民臉一紅，嘴硬地道：「你胡說，我哪有偷哭？」

文樂心沒理他，從地上一躍而起：「既然你說這兒是你的，那我們找老師和同學來評評理，看看到底誰對誰錯吧！」

高立民倒是急了，忙把她喊住：

「好吧，小辮子，你可以來這兒，不過只可以自己一個人來，不許讓其他人知道啊！」

文樂心見他願意讓步，得意地一笑：「好，一言為定。」

他們各據一方，相安無事地在看書。

一會兒，高立民忽然「咯咯咯」
地笑起來。

文樂心好奇地看了他一眼。

過不了多久，高立民又再「嘻嘻哈哈」地笑得前仰後合，像極了手機訊息的哈哈笑表情圖案。

　　終於，文樂心忍不住問：「你到底在看什麼書？」

原來高立民在看的書叫《鬥嘴一班》，書中寫的都是圍繞一班小學生的校園趣事，怪不得他笑得那麼開懷。

可能是剛看完書的關係，高立民的心情特別好，竟然主動地説：「我看完了，借給你看吧。」

「真的？」她半信半疑地接過書，慢慢地翻閱起來，看着看着，原本鬱鬱不歡的她，竟然也懂得笑了。

正當她看得入迷的時候，高立民湊了過來，一本正經地説：「小辮子，你知道我為什麼會借這本書給你

看嗎？」

「為什麼？」她不以為意地問。

「因為──你跟書中的女生一樣笨呢，哈哈哈！」

「可惡！」文樂心氣得拿起書本，便往高立民背上打過去。

高立民邊笑邊敏捷地逃開去了。

第四章　誰才是強者

「下雨了，今天的體育課鐵定是
上不成了！」

最怕上體育課的文樂心，走在回
校的路上，一邊撐着雨傘，一邊把手
伸出來接着從天上灑下來的雨點，高
興地笑了。

怎料，到了體育課的時候，體育
科的胡老師把大家領到剛裝修好的室
內運動場，很自豪地介紹道：「往後
無論下多大的雨，你們都不會錯過體
育課了。」

文樂心頓時晴天霹靂，她實在無
法理解那些男生怎麼會拍掌叫好。

不過由於場館還是剛啟用，很多
設施也仍沒安裝妥當，老師只好吩咐
大家沿着場館跑圈子。

體形胖胖的吳慧珠，跑不了兩個
圈已經氣喘吁吁：「這兒的面積好像
比外面的操場還要大嘛！」

身材嬌小的江小柔也開始有些吃力地落在後頭：「老師要我們跑六個圈，會不會太多了啊？」

　　文樂心一直默不作聲，不過她的情況不見得比她們好，她只是想省點力氣，否則第一個倒下去的人恐怕會是她。

　　黃子祺見吳慧珠跑得一拐一歪，
好像隨時都會倒下去的樣子，忍不住
取笑說：「呵呵，『小豬』，你要不
要先睡一下啊？」

　　珠珠狠狠地瞪他一眼，鼓起最後一口氣說：「你才是豬！」

　　已經比女生們多跑了一圈的高立民，看着一眾落在後頭的女生，邊跑邊嘖嘖有聲地說：「女生啊女生，你的名字是『弱者』。」

　　小柔很是氣憤，忍不住回敬他一句：「你們男生也不見得比我們強多少！」

　　高立民頭一昂，笑着問：「不服

氣嗎？要不要跟我們比比看？」

　　女生們異口同聲地答：「好呀，比就比！」

　　有了要努力的目標，無論男生還是女生都彷彿得了什麼法寶似的，原本走得像烏龜的步速，一下子都像上了發條似的，由烏龜變成兔子了。

　　可是，四圈過後，大家都開始有點體力不繼，珠珠更是累得站也站不穩。

就在這時，珠珠忽然「哎呀」一聲，整個人便往前傾。

「救命呀！」她尖叫着，沒有着落的一雙手，不由自主地往前亂抓亂推，把跑在前頭的一位男生也推跌了。

救命呀！

下一秒鐘，悲劇就要發生了。

因為她這麼一跌一推，跑在前面的男生女生竟然就像玩推骨牌遊戲似的，「咕咚咕咚」相繼被推倒在地。

大家都捧着膝蓋喊:「痛死了!」

珠珠嚇得臉色都白了,手足無措地立在一旁,內疚地連聲說:「對不起啊,對不起啊!」

「哼,哼,」黃子祺雙手抱在胸前,冷笑着說:「看嘛,又是女生闖的禍!」

女生急忙辯解:「這只是意外!」

男生們都沒有答話,只用一陣轟然的笑聲來回應。

自從文樂心從高立民那兒借來《鬥嘴一班》後，便迷上了這本書，無論上哪兒都必定帶着它，分秒必爭地看啊看，還不時發出「嘻嘻哈」的笑聲來，不知情的同學們都以為她瘋了，可是她一點也不在意。

上課鈴聲響起了，文樂心「唉喲」地歎一口氣：「我才剛看到最精彩的地方呢！」

然而，班主任徐老師已經進來了，即使她多不情願，也只好把書本收進抽屜內。

當徐老師站在講台上，跟大家講解着一篇遊記時，文樂心的一門心思卻仍然神遊在剛才那段還沒看完的故事裏。

故事裏那個笨手笨腳的小女孩，把一大籃籃球弄翻後，籃球滾得

到處都是，究竟會不會有人來幫助她呢？她很想立刻知道。

終於，她抵受不住誘惑，把抽屜裏的故事書悄悄地拿出來，鬼鬼祟祟地偷看。

「文樂心。」徐老師的聲音忽然從她的頭頂罩下來。

她嚇了一大跳，本能地想把書收起，可是徐老師已經看見了：「你在看什麼書，可以跟我分享一下嗎？」

文樂心着慌了。她知道書本一旦落在老師手中，便別想可以拿回來。這本書可是高立民的啊！

但老師的命令她又不敢不從。

她一邊把書捧到老師跟前，一邊用眼神跟坐在她旁邊的高立民說：「對不起啊！」

當高立民發現那本書竟然就是他借給文樂心的《鬥嘴一班》時，他的一雙眼睛睜得比貓眼還要大。

「噢！」他不由地低呼一聲。

徐老師回頭望了高立民一眼，奇怪地問：「怎麼了，有事嗎？」

高立民吃了一驚，連忙急急搖頭說：「沒什麼，沒什麼。」

課堂餘下的時間，高立民的視線

噢！

一直無法從徐老師的書桌上移開。

　　他很想站起來，大聲地喊冤：

「那本書是我的！為什麼明明是她做

錯事，卻要由我來承擔惡果？我是代罪羔羊呀！」

　　他狠狠地瞪着文樂心，下定決心，以後再也不要理會這個笨女生，永遠也不。

第六章　破壞王

　　為了鼓勵學生充分利用網上學習平台，學校的網上練習一直設有積分排行榜，誰能在每個學期結束前取得全級最高分，誰便可以獲獎。

　　在這方面，高立民絕對是高手中的高手，所做的練習題，幾乎百發百中，因此能長期佔據排行榜的第一名。

　　這天傍晚，高立民做完功課後，便坐在房間內的電腦前，登入學校的網上學習平台，預備做數學練習。

1) $46 \times 8 + 2 = ?$

○ A. 370   ○ C. 375

○ B. 380   ○ D. 385

他才剛登入，正在客廳温習的嘉琪表姐便走進來，好奇地問：「你在幹什麼？」

「在做網上練習。」

她興致勃勃地說：「什麼練習？讓我來幫你吧。」

高立民白她一眼道：「免了，你的成績也不過馬馬虎虎，我才不要你來幫倒忙呢！」

「怎麼了嘛，雖然我的成績不是很好，但怎麼說都是個小六生，我懂的一定比你多啊！」

高立民像趕蒼蠅似的擺着手說：

「去去去，我自己的功課，我自己做就好！」

嘉琪討了個沒趣，正要轉身離開的時候，外婆忽然在外頭喊：「小民，有電話找你啊！」

趁着高立民走到客廳接電話的空檔，嘉琪偷偷坐在電腦旁邊，按動桌上的滑鼠。

她一看屏幕上的題目，不禁傲然一笑說：「這些題目也實在太簡單了吧？如果由我來做，必定可以全部滿分呢！」

然後，她竟然真的做起練習來。

　　可是，在她點選其中一題的答案時，竟不小心按錯了鍵，原本想選「A」的她，卻選了「B」。

「哎呀，」她驚叫一聲，「怎麼會這樣？」

她想回頭去改正，但電腦屏幕已經出現了一個大交叉，並且即時扣去分數。

高立民聽到她的叫聲，立刻趕回來：「發生什麼事了？」

嘉琪心虛得低下頭不敢說話。

高立民往電腦屏幕一看，發現她動過他的電腦，而且還令他失分，不禁生氣地喊：「你這個破壞王！你是故意要讓我失分的嗎？」

嘉琪急忙道歉：「對不起啊！

我真的不是故意的，我只是想幫你答題，沒想到會不小心按錯了。」

高立民不願意聽她解釋，只氣呼呼地向她下逐客令：「出去，請不要再騷擾我！」

嘉琪只好內疚地步出房間，臨離開前，她拍了拍胸口，豪氣地拋下一

句：「這次算我欠了你，下次你有什麼困難，儘管找我，我一定幫你。」

　　高立民不屑地一哼，嘴裏嘮叨地說：

女生都是惹禍精，我才不要自找麻煩呢！

 第七章　雌雄大對決

　　這個學期，文樂心被選為視藝科的科長，而她的職責除了負責替老師收集及派發畫作外，還要在視藝課開始前，預先把同學們要用的畫具從教室的儲物櫃中取出來。

　　今天正好要上視藝課，可是，向來粗心大意的文樂心完全忘了這回事，當她想起來的時候，上課鈴聲已經響起了。

　　她趁老師還未進教室，於是匆匆跑到放畫具的櫃子前，把畫具取了

出來，然後一一分派到大家的桌子上去。

「文樂心擅自離座，記名一次。」一把聲音冷冷地說。

她吃驚地回頭，發現說話的人原來是高立民。

徐老師規定他們這班不設固定的班長，只由值日生輪流負責，而今天的值日生兼班長正是高立民。

　　她趕忙為自己辯解：「我只是為大家取畫具而已。」

　　跟文樂心最要好的江小柔也急忙聲援她：「高立民，你就放過她吧，她也只是為我們服務而已。」

　　可是，高立民擺出一副公事公辦的樣子說：「我不管她在做什麼，總

而言之，她在課堂間擅自離座，我便得記名，這是我的職責。」

文樂心很不服氣：「你是故意的！」

坐在附近的吳慧珠和謝海詩見狀，也忍不住出言勸道：「高立民，你別那麼固執吧，文樂心好歹也是你的同桌啊！」

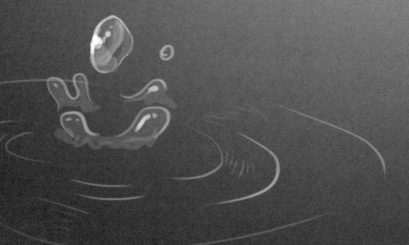

「就因為她是我的同桌，我更不能偏私。」高立民不肯妥協。

「我知道你是因為我把你的書弄丟了而生氣，但你也不能趁機報復啊！」文樂心既難過又氣憤，說到最後，忍不住眼眶紅了。

「你別胡說，我可沒有冤枉你。」

謝海詩看不過眼：「高立民，你是不是男子漢呀？居然把女生弄哭！」

胡直抿了抿嘴說：「你們女生真賴皮，自己做錯事還哭哭啼啼的，弄得好像我們在欺負你們一樣！」

謝海詩生氣地罵回去：「你在胡說八道些什麼？你們男生才是愛裝酷、裝強的大騙子！」

她的一句話立時得罪了一眾男生，大家都紛紛嚷着說：「誰敢說我們是裝的？女生本來就比男生弱小，不信的話我們就來比比看！」

女生們也來勁了，七嘴八舌地回答道：「好呀，反正上次體育課的比拼，我們還沒有分出勝負呢！」

胡直忽然提議：「下個月便是校慶開放日，到時會舉行一年一度的『創意才藝大賽』，不如我們藉此來個雌雄對決，怎麼樣？」

謝海詩推了推眼鏡，慷慨激昂地說：「比就比，誰怕誰啊！」

文樂心大吃一驚，想要反對，怎料高立民已拍着手興奮接口道：「好，輸的一方要負責在開放日那天，為全班同學提供自製茶點，如何？」

謝海詩立刻答道:「一言為定!」

「天啊,怎麼他們竟然真的鬧起來了!」文樂心撓着自己的小辮子,

懊惱地想：「可是，我能拿什麼本領跟男生們比呢？烏龍百出，能不能也算是一種才藝？」

 # 第八章　創意才藝大比拼

「創意才藝大賽」並不是一般的比賽，學校故意不設定主題和表演形式，讓同學可以任意發揮，並且公開讓全體師生一同參與投票，選出最後的優勝者。

為了吸引老師和同學的目光，每年參賽的同學都會想出許多新奇

　　趣怪的表演，期望能出奇制勝。

　　既然決定要比拼，那麼該以什麼作為出賽項目，便成了同學之間最迫切要討論的問題。

　　這天午飯後，男生和女生們便各自聚在一塊兒商討對策。

　　黃子祺揮着拳頭，胸有成竹地說：「放心吧，男生們，只要我一出

手，保證可以為大家爭回一口氣！」

　「拜託！」胡直第一時間表明立
場：「如果你跟去年一樣是表演唱歌
的話，那麼我勸你千萬別參加，否則

我怕我們會輸得很慘。」

　　「他哪兒是唱歌？分明就是在慘
叫嘛！」一個男生呵呵笑。

黃子祺連忙陪笑道：「去年我只是時間太緊迫，來不及準備而已。別的我不敢說，但論創意我可是絕對有信心呢！」

胡直輕蔑地笑說：「與其靠你的創意，倒不如我回家苦練我的花式籃球，說不定還有點勝算！」

黃子祺不理會胡直的譏笑，轉而問高立民：「你打算表演什麼？」

「我？」高立民一時答不出話來。

另一邊廂，謝海詩正自信滿滿地跟其他女生說：「我打算跳我最擅長

的爵士舞，我還會在舞蹈中加入魔術
表演，必定能讓大家大開眼界！」

吳慧珠也不甘後人地道：「那麼，
讓我來表演轉呼拉圈吧！」

謝海詩衝口而出地道：「不會
吧！珠珠，你這麼胖也能轉呼拉圈
嗎？」

「當然可以啊！」

吳慧珠沒有在
意她的話，還邊說
邊站起身來，裝模
作樣地跳起扭腰
舞。體形胖嘟嘟的

她，扭動起來一晃一歪的像個不倒翁，樣子十分逗笑。

忽然，身後傳來一把聲音說：「小豬，原來你挺有扮小丑的天分啊！」

多嘴的黃子祺，不知什麼時候走了過來。

吳慧珠頓時羞得漲紅了臉，其他女生立刻起哄叫嚷起來：「太過分了，男生居然跑過來偷聽！」

「誰要偷聽？反正你們也不會有什麼好點子啦！」黃子祺滿不在乎地聳聳肩，又笑嘻嘻地走開了。

謝海詩轉頭問文樂心：「心心，

你預備表演什麼啊？」

文樂心一驚：「我還沒有想好啊。」

「要快點決定了，時間不多呢！」

可是，文樂心真的不知道自己可以表演什麼。她結結巴巴地問：「其實呢，你們已經有這麼多人參加，我參不參加也不太重要吧？」

謝海詩以為她在開玩笑，笑着拍她一下道：「別鬧了，這次的對決本來就是因你而起，你怎麼能不參加？」

文樂心不敢再問，心裏卻委屈地喃喃自語：「帶頭答應對決的好像是你耶！」

這天早上，胡直一見到高立民便拉着他說：「我決定要在才藝大賽上，挑戰籃球連續入球的最高紀錄。你呢，你想好要表演什麼了嗎？」

高立民搖了搖頭。

胡直緊張地催促他：「哎喲，你得快點決定，還有兩天便截止報名了。」

高立民心裏也很着急，他雖然讀書成績好，卻並非多才多藝，唯一有點把握的籃球，胡直又比他出色得

多，他希望可以做點別的，卻不曉得
自己還有什麼才藝。

　　在放學回家的路上，他一
直思考着這個問題。

　　當他心不在焉地跨進家
門時，腳底不知踩着了什
麼，軟軟的、鼓鼓的，
像踏到了一隻小動物，
他趕緊低頭看

看，突然「啪」的一聲響，把他嚇了一大跳。

原來他踏着了一個氣球。

客廳的地板上，不知何時放滿了各種造型可愛、七彩繽紛的氣球，有小狗、花、寶劍、天鵝等等。

「對不起，沒嚇着你吧？」

這時，嘉琪表姐匆匆忙忙地走過來，逐一把地上的氣球拾起來。

「哇，你從哪兒弄來這許多氣

球？你準備要到麥當勞當派對姐姐嗎？」他取笑她道。

嘉琪白了他一眼說：「我們學校將會舉行慈善嘉年華，老師請我幫忙預備一些氣球，然後拿回去義賣呢！」

他把眼睛睜得比金魚的眼睛還要大，問道：「原來你懂得扭氣球？」

嘉琪晃了晃手上的氣球，得意地笑道：「厲害吧？是老師教我的！」

看着她那驕傲的神情，高立民很不以為然，正要出言諷刺一番，忽然心念一轉，腦袋「叮」的一聲響：扭氣球也算是一門手藝吧？這麼冷門的項目，其他同學一定都不懂，只要我能學會表姐的本領，說不定就可以突圍而出啊！

於是，他衝口而出地問：「你可以教我嗎？」

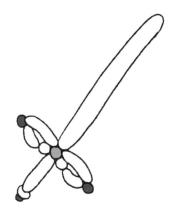

「教你？」嘉琪一怔。

話剛出口，他便想起自己前幾天對她那麼兇，頓時又有點不好意思，只好支支吾吾地說：「是這樣的……因為學校有一個才藝大賽，所以……我在想，是不是可以用扭氣球表演來參加比賽……」

嘉琪倒是大方，當即一拍胸口，一副保證他必勝的樣子道：「沒問題，只要你每天跟我一起練習，一個星期便可以學會。」

「真的？」怎麼表姐忽然變得這麼好相處了？他有點不敢相信。

「當然！」嘉琪爽朗地一擺手：
「上次我把你的網上練習搞亂了是我
不好，這次就當是我還你的吧！」
　　高立民這才由衷地笑了：

謝謝你啊，
表姐！

第十章 奇妙的偶遇

　　這天下午，高立民還沒有放學回家，嘉琪正坐在客廳裏忙着做功課，忽然接到姑媽的電話：「嘉琪，我現在有點急事要辦，小民今天剛巧要留在學校上奧數班，可以請你幫幫忙，替我暫時看顧一下水果店嗎？大概半個小時就可以的了。」

嘉琪一口答應，立刻把功課收起來，拿着一大包氣球，「噔噔噔」地往樓下不遠的水果店跑去。

　　姑媽跟她簡單地交代了一下，便匆匆走了。

　　看店雖然是一件沉悶的事，不過嘉琪倒是無所謂，因為她可以利用這個空檔多扭一點氣球，為明天的慈善活動作最後努力。

「姐姐，你扭的氣球很漂亮啊！」

一個束着一對小辮子、穿着藍天小學校服的小女生，目不轉睛地盯着她手上的氣球。

難得有人欣賞自己的作品，嘉琪滿心歡喜：「其實扭氣球不是太難，你自己也可以試着做啊！」

小女生睜大眼睛問：「真的？可以怎麼做？」

嘉琪從放滿氣球的紙箱內，抽出一個已經吹得鼓鼓的長條形氣球，熟練地左扭扭、右扭扭，不消一刻便扭

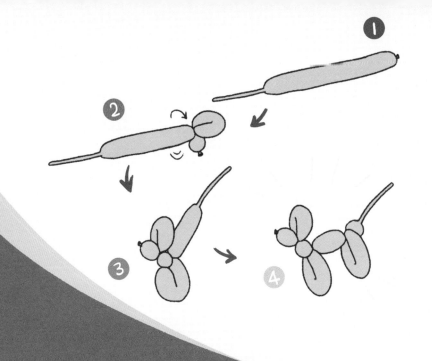

出一隻活潑可愛的小狗來。

「看，就是這麼簡單。」

小女生的一雙大眼睛閃着耀目的光芒：「姐姐，你很厲害啊！可以教教我嗎？」

嘉琪臉有難色：「我只是剛好今

天在這裏而已，扭氣球是要反覆練習的，不可能一下子便學會啊！」

這時，一直站在小女生身後的高個子男生催促道：「妹妹，要回家了，走吧。」

小女生眼睛伶俐地一轉，忽然回身問哥哥：「哥，你今天有帶手提電話嗎？」

哥哥疑惑地問：「有啊，怎麼了？」

小女生高興得跳起來：「借我用一下啊！」

哥哥摸不着頭腦，一邊掏出手提

電話一邊問：「我的手提電話是緊急的時候才能用的，你要來幹嗎？」

「我現在就很緊急啊！」小女生接過手提電話，朝嘉琪得意地笑說：「只要把姐姐扭氣球的過程拍下來，我便可以回家反覆練習了，不是嗎？」

嘉琪恍然地讚賞道：「小妹妹，你很聰明啊！」

於是小女生便拿着手提電話，對準正在扭氣球的嘉

琪盡情地拍啊拍，直至身旁的哥哥等得不耐煩要拉着她走，她才邊走邊回頭揮着手說：「姐姐，謝謝你。」

剛走了兩步，她又跑回來問：「姐姐，我叫文樂心，你叫什麼名字啊？」

嘉琪笑笑說：「我叫張嘉琪。」

文樂心朝她燦爛一笑：「謝謝你啊，嘉琪姐姐！」

校務處

第十一章

都是你的錯

晨光剛探出頭來的那一刻，在校務處門外已經站着一列長長的隊伍，這列隊伍全部都是準備要參加才藝大賽的同學。

高立民、黃子祺、胡直、文樂心、江小柔、吳慧珠和謝海詩等，也分別拿着報名表，排在長長的隊伍之中，預備交給老師。

黃子祺揚了揚報名表道：「我要表演的是已經學了半年的踢躂舞，這次我一定所向無敵，呵呵！」

謝海詩抿着嘴笑：「只學了半年？我的爵士舞已經學了四年呢！」

黃子祺指了指鼻頭道：「你不知道嗎？跳舞最講求的還是天分。」

謝海詩懶得理他，改而問高立民：「你打算表演什麼啊？」

高立民故作神秘地說：「我不告訴你。」

他越是這樣，越是勾起謝海詩的好奇心，於是她趁他不注意時，用眼

角偷瞄了他的報名表一眼。

「高立民，你居然打算表演扭氣球？扭氣球也算是一種才藝嗎？」謝海詩「吃吃」地笑。

其他人聽了，也忍不住大笑起來。

高立民尷尬得臉都紅了，扯高嗓門說：「為什麼不算？把平凡不過的氣球變成各種漂亮的造型，這不是才藝是什麼？」

為了引開別人的注意，他故意轉而問文樂心：「小辮子，你報了什麼？」

文樂心不想說，可是所有人都望着她，令她不得不回答。

她只好支支吾吾地說：

是扭氣球。

　　「嗄？」高立民以

為自己聽錯了。

　　她只好再說一遍：「扭氣球。」

　　當高立民聽清楚她的話後，不禁

氣憤地大喊：「什麼呀？你怎麼會跟

我一樣的？你是故意要學我的嗎？」

文樂心委屈地嘟起小嘴：「誰要學你？我也是剛知道你要表演扭氣球啊！」

「我不管，你不許表演扭氣球！」高立民霸道地說。

文樂心不服氣：「為什麼不可以？」

其他同學聽了也加入了爭論，霎時間，大家吵得不可開交。

這時，徐老師從校務

處走出來，面帶威嚴地瞪着他們：
「你們在吵什麼？」

　　大家立時不敢作聲，只有高立民
和文樂心還在互相敵視着，好像在怪
責對方：「都是你的錯！」

 **無法估計的重量**

一年一度的校慶開放日，除了會有創意才藝大賽的總決賽及其他不同的表演節目外，還會於各班的教室內設置攤位遊戲，讓所有參觀人士參加。

班主任徐老師特別委派了高立民、黃子祺、文樂心和江小柔負責設計攤位遊戲及布置教室。

這天午間休息時，他們四人坐在教室一角，商量着該安排什麼攤位遊戲。

江小柔用手支着頭，一副傷腦筋的樣子：「什麼遊戲最能吸引人呢？」

黃子祺立刻接口道：「當然是最新鮮刺激的玩意啦！」

「什麼才是最新鮮刺激？」文樂心問。

高立民説：「不如來個『一分鐘大決戰』，好嗎？」

黃子祺拍掌附和：「好啊，參加者要在一分鐘之內，完成一個高難度的任務，一定會很刺激呢！」

江小柔皺了皺眉頭：「不要吧，這種遊戲在電視上早已播到膩了！」

這時，吳慧珠捧着一包薯片經過，文樂心看着她那副貪吃相，忍不住勸她：

珠珠，少吃一點吧！你不是常常嚷着要減肥嗎？

吳慧珠拍拍肚皮説：「放心，為了預備才藝表演，我最近每天都在練習呼拉圈，消耗了

不少脂肪，再多吃一點也無妨！」

　　文樂心和江小柔都受不了她，拍
了拍額頭，露出一副快要被她氣暈的
樣子。

　　黃子祺「嘿嘿」一笑：「小豬，
你現在到底有沒有四十五公斤啊？」

　　吳慧珠紅着臉抗議：「你別誇大，
我才不過三十九公斤而已。」

　　「女生的體
重真難猜啊！」
高立民呵呵大
笑，回頭朝文
樂心擠眉弄眼地

問：「你的體重又是多少？」

文樂心當然不會給他好臉色，想也沒想便回他一句：「要你管！」

黃子祺忽然靈機一觸：「不如，我們的攤位遊戲就來玩『猜體重』好嗎？看誰猜得出吳慧珠有多重！」

「你真可惡！」吳慧珠生氣極了，立刻繞到黃子祺的座位，想去打他，黃子祺連忙敏捷地逃開去。

文樂心和江小柔看不過眼，也出言警

告他：「黃子祺，你就不能少欺負女生嗎？你再這樣，我們便去告訴老師！」

高立民卻像得到什麼啟發似的說：「猜東西這個點子不錯啊，不過，要猜的當然不是女生的體重，否則老師必定不會答應。」

「那麼，可以猜什麼？」文樂心疑惑地問。

高立民只神秘地一笑說：「就交給我吧。」

第十三章　咔嚓舞

　　萬眾期待的才藝大賽，終於要舉行了。

　　由於今年的參賽人數眾多，老師決定將初賽分開兩天，於平日的午息時間進行，得票最高的十位同學便可以參加於開放日當天舉行的總決賽，競逐冠、亞、季軍的殊榮。

　　至於高立民這一班，被安排在第一天出賽的分別有謝海詩、高立民、黃子祺和胡直。

　　首先出場的謝海詩，表演的項目是「魔術爵士舞」。

　　謝海詩的爵士舞果然很有水準，

不但節奏感強，而且舞姿優美，再加上完美無瑕的魔術元素，同學們都看得很投入。表演完畢後，台下掌聲雷動。

謝海詩回到座位後，得意洋洋地說：「我跳得還不錯吧？」

「絕對是無懈可擊啦！」坐在台下的文樂心、江小柔和吳慧珠等女生們，紛紛朝她豎起大拇指。

高立民很不以為意地說：「這有什麼了不起？不過就是動動手腳而已，看我的吧！」

不一會兒，輪到高立民上台了。

他扭氣球的技巧並
不算是很純熟，但也許
同學們大多喜歡氣球，
大家見他不消片刻便能
扭出一個比他自己還
要高的大兔子，也很
是欣喜。

表演完畢
後，高立民
衝文樂心示
威地一笑，似
乎在說：「瞧，
扭氣球是要這麼

做的，你懂嗎？」

　　文樂心很慌亂：「天啊，明天我可以做得比他更好嗎？」

　　緊接着出場的，是黃子祺表演踢躂舞。

　　黃子祺腳上穿着一雙踢躂舞鞋，隨着輕快的音樂節奏開始賣力地跳起來，「踢踢躂躂」的聲音牽引着觀眾的情緒。

　　坦白説，他的確跳得不錯，

即使是一直在口頭上跟他對着幹的謝海詩，也不由自主地跟着節拍，手舞足蹈起來。

可是，就在他跳得最起勁的時候，舞台上忽然傳來「咔嚓」一聲。

原來是他的褲子裂開了一個大洞。

台下的同學看見了，立時爆發出轟然的笑聲，女生都紛紛掩着臉尖叫起來。

咔嚓

有人大聲地取笑道：「他是在表演『踢躂』舞還是『咔嚓』舞？哈哈哈！」

黃子祺感到萬分尷尬，忙用手掩住褲子，但如此一來，舞姿便全亂

了，節拍也跟不上，想就此走下台去，但又心有不甘，不知該怎麼辦才好。

　　就在這個緊張關頭，文樂心忽然站起身來，把自己身上的羊毛外套脫下來，扔到台上去。

黃子祺連忙把外套圍在腰間，繼續完成他的演出。

　　雖然出了大差錯，但大家見他能堅持到最後，都很欣賞他的體育精神。結果，他得到的掌聲是全場最熱烈的。

　　謝海詩有點怪責文樂心：「哎呀，他可是我們的對手耶，你為什麼還幫他？」

文樂心搔了搔頭，有點迷惘地說：「我沒有想那麼多啊！見到他很為難的樣子，便自然地想着要去幫忙了。」

　　謝海詩不禁歎了口氣道：「你真是個大傻瓜！」

我沒有想那麼多啊！

大傻瓜！

第十四章　男生幫女生

　　隔天午飯後，才藝大賽的第二輪表演，又再度展開。

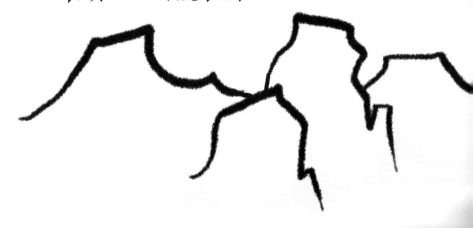

　　首先登場的是江小柔，她要表演的是「十筆畫」，意思是只要畫上十筆便能完成一幅圖畫。而她的確做到了，不過寥

寥數筆，一幅漂亮的山水畫便呈現眼前，贏得所有人的讚歎。

「小柔，你很厲害啊！」看過小柔的表演後，文樂心由衷地稱讚道。

江小柔紅了臉，有點不好意思地擺着手說：「沒什麼啦，只是一種小技巧，多練幾遍便能做到。」

終於輪到文樂心出場了。

她很緊張，手心也冒着冷汗，握在手裏的氣球因為掌心濕滑而多次溜到地上，要她一次又一次費勁去把它們拾回來。

時間一分一秒地過去，她眼見自己遲遲未能扭完一個作品，心裏很是着急，手下的力度也就用得不恰當，氣球爆破的「噗、噗、噗」聲此起彼落。

看到她笨手笨腳的樣子，同學都忍不住哈哈大笑。

高立民看得直搖頭，喃喃自語：「笨蛋就是笨蛋，怎麼還是改不了！」

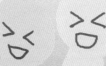

連番失手的文樂
心窘迫地站在台上，
急得快要哭出來了。

高立民看不下去了，

猛地站起身來，大踏步跨

上舞台，一手把文樂

心的氣球奪過，

左扭扭，右扭

扭，很快便扭

出一束色彩繽

紛的花來。

同學們紛紛

起哄地叫囂：

文樂心被這句話嚇了一大跳，連要向台下鞠躬致謝的禮儀也忘了，便匆匆跳下台去。

她驚魂未定，卻又被一大班女生團團圍住，像記者般追問她：「我們不是在跟男生比拼嗎？為什麼高立民會出手幫你的？」

當然，高立民的情況也很不妙，男生們都把他圍堵起來，不停地質問：「高立民，你跟文樂心不是一直都是冤家嗎？為什麼你要幫她？你忘了我們正在跟女生們對決嗎？」

高立民定了定神，好像剛從睡夢

中清醒過來，迷惑地自言自語：「對啊，我剛才為什麼要出手幫她？」

第十五章　快樂基地

　　因為文樂心的失誤，女生的得票率頓時比男生低了一大截，這場男女生的比拼，很明顯是男生要勝出了。

　　女生都不禁埋怨文樂心：「都是你，明知自己笨手笨腳，為什麼還要挑這種難度高的項目表演？」

『就是嘛，我們決定要跟男生對決是因為你；如今敗給男生們也是因為你，真可惡！』

『我不想做茶點給那班臭男生吃啊！』女生們異口同聲地喊。

文樂心只能羞愧地低下頭說：

對不起啊！

江小柔見到文樂心難過的樣子，連忙幫她解圍：「哎喲，你們別再怪她了，心心也不想輸的嘛，你們看，她自己也很難過啊！」

下午的最後一個小息，文樂心獨自來到秘密基地，偷偷地哭。

她很傷心啊！她心裏想：為什麼我要表演扭氣球呢？不但在老師和同學面前出醜，還要連累女生們輸掉比賽，實在太不自量力了！

「小辮子，你在幹什麼？」一把聲音問。

又是高立民，真糟糕！為什麼每

次她有什麼事時都總會遇上他？

　　她不想在他面前丟臉，連忙伸手往臉上一抹，裝作沒事地吼回去：「怎麼嘛，不是說好我也能來這兒嗎？」

　　高立民揚了揚眉，一臉認真地說：「可是，我不是說過只許你自己一個人來嗎？」

　　「我是一個人來呀！」

　　「不，你把眼淚也一併帶來了。」

　　文樂心又好氣又好笑：「我哪有？」

　　高立民繼續誇張地說：「這兒是

我的快樂基地，絕對不容許被淚水污染！」

文樂心被他逗笑了：「什麼快樂基地啊，幼稚！」

高立民一臉理所當然地說：「這兒是看好笑的書的地方，不是快樂基地是什麼？」

接着，他從身後抽出一本書，獻寶似的說：「蹬蹬蹬，這是新一期的《鬥嘴一班》，剛出版的呢，要看嗎？」

　「好啊！」文樂心眼前一亮，難過的事情一下子都忘掉了。

　當她伸手想接過書時，高立民再三提醒她：「我可以把書借給你，不過你不許再在課堂上看啊！」

　「遵命！」她開心地再展歡顏。

　　早會的時候，徐老師站在黑板前，一臉嚴肅地看着大家說：「你們以才藝大賽作為男女生大比拼的事情，我已經聽說了。」

　　同學們都心虛地低垂着頭，不敢說話。

　　幸而徐老師只看了大家一眼，並沒有要追究的意思，轉而問：

膽子最大的黃子祺，嬉皮笑臉地問：「老師，一定是我們男生得票較高，對吧？」

　　徐老師搖搖頭：「不是。」

　　「怎麼會？」黃子祺的笑容僵住了。

　　其他男生也紛紛失望地喊起來：「哎呀，我們的演出分明比女生精彩得多，怎麼會敗給她們呢？」

　　「天啊，難道我們真的要像女孩子般做茶點嗎？」

　　同一時間，女生卻興奮地歡呼起來：「太好了，原來我們打敗了男生

呢！」

誰知，徐老師又搖頭，道：「你們誰也沒有打敗誰。男生和女生所得的總得票率都是一樣，也沒有人進得了前十名。」

「唉！」一下子，大家都沮喪得垂下了頭。

徐老師板着臉説：「你們利用才藝大賽作為私下比拼的工具，是很不恰當的行為。」

然後，她話鋒一轉，又道：「不過，由於在演出期間，當同學遇上了意想不到的問題時，無論男生還是女

生，你們都毫不猶疑地伸出了援手，充分體現出同學間團結友愛的精神，校長和老師對此都十分欣賞。所以，學校決定特別頒發一個『最佳合作獎』給你們，以鼓勵這種良好行為。這個獎是特別為你們班而設的，是獨一無二的榮耀啊！」

「萬歲！」同學們都喜出望外。

正當大家都興奮莫名，交頭接耳地討論着該怎麼慶祝的時候，徐老師又再一臉認真地說：「得獎歸得獎，對於你們的私下對決，我還是得賞罰分明。

「今天下午，就請你們全體男
生女生，再好好發揮一下良好的合
作精神，一起當清潔部隊，為教室
來一次大清潔吧！」

一下子，大家又從無比亢奮的心
情，跌到谷底裏去，連聲慘叫：「哎
呀，怎麼始終還是難逃一劫啊！」

 第十七章　名師出高徒

開放日那天，負責攤位遊戲的高立民等人一大早便回到學校，為即將開始的開放日作最後準備。

高立民站在攤位前，從一大堆不同造型的氣球當中，隨便撈起一個小馬造型的氣球，沾沾自喜地笑說：「嘿嘿，這個遊戲難度夠高了吧？這隻小馬，誰能猜得出是由多少個氣球扭成的呢？」

文樂心望了小馬氣球一眼，完全不認同地搖着頭：「這樣有什麼意思啊？遊戲的目的不在輸贏，而是希望參加者能在玩得開心的情況下學到一點東西呢！」

　　黃子祺偷看了一眼旁邊如山的禮物堆，貪婪地嘻嘻一笑：「別這麼認真好不好？不過就是個遊戲而已，只要贏的人不多，我們便可以把剩下來的禮物統統分掉！」

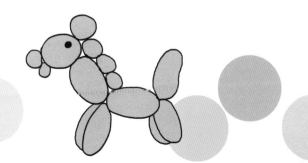

負責派發禮物的江小柔用身子擋在禮物堆前，一副正義的樣子說：「你別想打禮物的主意！」

高立民輕蔑地一揚手，指着放在攤位上那

些大大小小的氣球，神氣十足地說：「你那些東西算得上什麼，這些由我親手設計的氣球，才是特級大獎呢！」

江小柔沒好氣地一笑：「好好好，算你厲害。」

沒多久，開放日正式開始了，參加攤位遊戲的人漸漸多起來，大家分工合作，讓遊戲能順利地進行。

　　高立民站在椅子上，手上捧着一個特大的猴子造型氣球，趾高氣揚地笑着說：「怎麼都沒有人能猜得到啊？那麼我這些漂亮的氣球都要送給誰了？」

「全送給我好了！反正答案我都知道。」人羣中忽然有人大喊。

高立民詫異地一望，只見嘉琪表姐和舅母正站在等候玩遊戲的人羣中，笑着望向他。

高立民有些驚喜：「舅母、表姐，你們怎麼都來了？」

「沒什麼，嘉琪一直嚷着要來看看你們班的攤位，我今天剛好放假，便帶她來探探你。」舅母笑笑說。

嘉琪望着攤位上那一大堆各式各樣的氣球，忍不住得意地道：「嘿，你的氣球扭得還不錯啊，果然是名師出高徒呢！」

高立民笑了笑，正要開口說什麼，忽然旁邊有人叫：「嘉琪姐姐！」

說話的人竟然是文樂心。

嘉琪見到文樂心，也很高興地跟她打招呼：「嗨，原來是你啊！」

高立民望了望文樂心，又望了望嘉琪，驚訝地問：「你們怎麼會認識的？」

文樂心和嘉琪對望了一眼，很有默契地同時回答：「秘密。」

看着高立民一臉困惑的樣子，兩個女生開懷地笑了。

鬥嘴一班
男女生大決戰

作　　者：卓瑩
插　　圖：Chiki Wong
責任編輯：劉慧燕
美術設計：李成宇
出　　版：新雅文化事業有限公司
　　　　　香港英皇道 499 號北角工業大廈 18 樓
　　　　　電話：(852) 2138 7998
　　　　　傳真：(852) 2597 4003
　　　　　網址：http://www.sunya.com.hk
　　　　　電郵：marketing@sunya.com.hk
發　　行：香港聯合書刊物流有限公司
　　　　　香港新界大埔汀麗路 36 號中華商務印刷大廈 3 字樓
　　　　　電話：(852) 2150 2100
　　　　　傳真：(852) 2407 3062
　　　　　電郵：info@suplogistics.com.hk
印　　刷：中華商務彩色印刷有限公司
　　　　　香港新界大埔汀麗路 36 號
版　　次：二〇一四年五月初版
　　　　　二〇一九年二月第八次印刷
版權所有·不准翻印

ISBN: 978-962-08-6114-7
© 2014 Sun Ya Publications (HK) Ltd.
18/F, North Point Industrial Building, 499 King's Road, Hong Kong
Published and printed in Hong Kong